POÉSIES

PAR

Madame Sophie Doin.

PARIS.

IMPRIMERIE DE DUCESSOIS,
QUAI DES AUGUSTINS, 55

1831

Poésies.

POÉSIES

PAR

MADAME SOPHIE DOIN.

Vérité, Charité.

A PARIS.

IMPRIMERIE DE DUCESSOIS,

QUAI DES AUGUSTINS, 55.

1831

LE CHRIST.

Je voulais ajouter à ce titre celui : *ou la philantropie*, mais l'unité de titre m'a paru préférable. Je pouvais aussi prendre tout simplement ce dernier, puisque je désirais faire de ce poëme le code de la philanthropie. Mais je me suis dit : le plus parfait des législateurs, des réformateurs le plus passionné et en même temps le plus sage, le plus doux, le plus tolérant, le plus éclairé et le plus éloquent des hommes, enfin le premier *philantrope* véritable, *le Christ*, a répandu sur la terre régénérée par sa mission toute consolante, toute divine, la vive lumière de *la philantropie*. Celle-ci vient donc de *lui*, bien plutôt que *lui*, *d'elle*. *Le Christ* doit donc être le titre de mon poëme; célébrer *le Christ*, c'est les chanter tous deux.

LE CHRIST

POÈME.

LE CHRIST.

CHANT PREMIER.

Viens, ma lyre céleste, et redis mes transports !
Viens ! offre à l'Éternel de sublimes accords !
De tes suaves chants que la douce magie
Ravisse l'univers !... Que ta noble énergie
Réveille le tyran sur la pourpre couché,
Console le captif à ses fers attaché !

Fuyez, fantôme vain, orgueilleuse victoire,
Éphémère vapeur d'une inutile gloire !

A votre éclat trompeur a souri le plaisir;
Mais d'un stérile encens, flétri par l'avenir,
Mon âme a repoussé la dangereuse ivresse...
Tendre philantropie ! ô sainte enchanteresse !
Mon timide laurier croîtra sur ton autel :
Tes vœux inspirateurs le rendront immortel.
Prêtre, au crime sanglant, à l'oppresseur avide,
Promets, pour un peu d'or, l'*indulgence* homicide!
De bienfaisans travaux, des humains protecteurs,
Mieux qu'un édit de Rome expieront nos erreurs.

O Christ! homme divin! ton nom sacré m'inspire
Et de ton cœur brûlant je reconnais l'empire;
La gloire de ta vie a pénétré mes sens !....
Ton éloquente ardeur anime mes accens !
Adorable rayon de la plus pure flamme,
Ton magique pouvoir se révèle à mon âme !
Jésus ! entends ma voix dans l'éternel séjour,
Je chante les bienfaits de ton céleste amour!

Vers toi, Jérusalem, s'élance ma pensée :
Je contemple ta gloire aujourd'hui rabaissée;

Je vois s'évanouir tes superbes grandeurs,
Et ma lyre chrétienne a compris tes douleurs.
Ah! d'un délire aveugle arrête le murmure :
Le ciel à ses sermens ne peut être parjure.
De ton temple détruit il a prédit la fin,
Et d'un temple nouveau présagea le destin.
L'Esprit-Saint t'annonça la beauté rayonnante,
La divine splendeur, la grâce triomphante
De ce rival heureux sorti de tes remparts,
De ce noble vengeur digne de tes regards,
Digne d'un pur encens, d'un immortel hommage,
Temple digne de *Dieu* dont il sera l'ouvrage.

Accordé par le ciel à nos désirs pieux,
Jetant sur l'univers son éclat radieux,
Un jour brillant viendra pour consoler la terre.
De la paix, en tous lieux, le rameau tutélaire,
Pourra s'étendre alors sans jamais se flétrir;
Les oppresseurs du monde alors devront s'enfuir,
Leur règne aura fini... Compatissante et belle,
Au culte des tyrans, la Vérité, rebelle,

Éclairant les humains, corrigés aussitôt,
Fera de l'Univers le temple du Très-Haut!
Résonne sous mes doigts, viens, harpe des prophètes!
Frémis sous mes accords... Pour toi mes mains sont prêtes!
Consacre quelques sons à nos destins futurs....
Mon cœur brûle d'amour.... Viens, mes chants seront purs!

Mais à ton hymne saint la nature s'éveille!
Béthléem, de tes murs montre-moi la merveille.
Est-ce un roi triomphant qui respire en ton sein?
Déjà présages-tu son illustre destin?
D'un puissant de la terre annonces-tu la gloire?
D'un brillant avenir commences-tu l'histoire?
Vois-tu couvert de pourpre un enfant au berceau,
Dont cent lauriers un jour orneront le tombeau?

Non, non, ce noble enfant c'est ton fils, ô Marie;
Voilà de l'univers l'espérance chérie!
Neuf fois tes yeux ont vu les mois naître et finir
Depuis ce jour, pour toi précieux souvenir,
Où de l'esprit divin la magique lumière
Vint pénétrer ton cœur plongé dans la prière.

D'un ange radieux la céleste bonté
Prit les traits; et l'espoir de la maternité
Te fut donné par elle, heureuse et tendre femme :
D'une brûlante joie elle inonda ton âme !
D'un conquérant avide et d'un maître orgueilleux
Elle ne promit pas le génie odieux;
Jamais le doux Jésus d'un laurier sanguinaire
Ne devait se parer en désolant la terre;
Mais il devait, plus haut que les trônes mortels,
De la philantropie élever les autels.

Jésus sur une pierre a reçu la naissance,
Et ses membres déjà connaissent la souffrance.
Celui dont les accens rempliront l'univers,
Soutiendront l'opprimé, flétriront les pervers,
Sans appui, sans secours, vient d'entrer dans la vie !
La jeunesse d'un grand, pompeusement servie,
Au premier de ses jours trouvera des flatteurs !...
Mais que seraient pour toi de stériles honneurs ?
Pour toi, plus grand cent fois que le plus grand des princes !
Que pour les célébrer s'agitent leurs provinces,

Que leurs nobles palais, riches de pourpre et d'or,
De nombreux courtisans favorisent l'essor !...
Repousse, *homme divin*, cet hommage servile
Que reçoit en tous lieux la grandeur inutile.
Dédaigne cet encens brûlé pour de faux dieux !
Une autre vie attend ton règne glorieux !

Contemple cet enfant des demeures sacrées !
Foulant avec respect tes cendres révérées,
Moïse, cet enfant plus tard te comprendra,
Et sa bouche éloquente un jour te bénira.
A tes nombreux travaux il saura rendre hommage,
Admirer ton génie, et te juger en sage.
Il voudra comme toi dispenser le bonheur
A l'homme, en l'éclairant, en le faisant meilleur ;
Et, devinant l'effort d'une âme magnanime
Qui dut souvent cacher la vérité sublime
Aux yeux que son éclat pouvait trop éblouir,
Ce que tu commenças il le voudra finir.
A l'homme moins enfant apportant la lumière,
Il la lui donnera pure, brillante, entière.

Du Dieu qui créa tout tu dis l'éternité :
Jésus nous apprendra sa clémente bonté.
Par lui, nous le verrons, aux humains secourable,
Satisfait d'un remords, pardonnant au coupable :
Partout à la vertu sa voix joindra l'amour.
Et, nous montrant la paix d'un éternel séjour,
Aux pleurs des malheureux son âme paternelle
Offrira les douceurs d'une joie immortelle !
Ainsi de l'homme libre il guidera la foi,
Et sur *la charité* viendra fonder *sa loi*.

Les prêtres du vrai Dieu souillant leur ministère,
Sur un peuple ignorant font peser leur colère.
D'Israël aveuglé la superstition
Satisfait des tyrans la lâche ambition.
Ainsi dans d'autres temps nous verrons d'autres prêtres,
Des peuples abusés se déclarer les maîtres ;
Montrer d'un Dieu méchant le fantôme trompeur,
Encenser l'imposture et régner par la peur.
Aux nouveaux jours aussi, dans la nouvelle église,
Des docteurs, imitant les enfans de Moïse,

Méconnaîtront du Christ la douce charité,
Et voudront au tombeau livrer la vérité.
Mais de tous ces efforts ne crains rien, ô ma lyre!
Regarde s'écrouler ce criminel empire;
En vain pour maintenir de mensongères lois,
Tu vois surgir long-temps des prêtres et des rois :
Des jours de vérité t'apparaît la lumière!
Vois son rayon divin s'étendre sur la terre,
Vois la loi de Jésus, pure de toute erreur,
Luire enfin, digne en tout du saint législateur.

TROIS SCÈNES.

Première Scène.

LE DAMNÉ.

ALPHONSE, homme de trente ans, captif de l'Inquisition, surnommé LE DAMNÉ; AMELIE jeune fille de dix-sept ans qui a pénétré jusqu'à lui.

ALPHONSE.

Oses-tu t'approcher?.... Retire-toi, bel ange!
Crains que sur toi le ciel en ce jour ne se venge!

Avec amertume.

Je suis maudit!!! Ce Dieu qu'adorent les chrétiens,
A mes destins cruels pourrait unir les tiens....
Ta pitié me surprend.... Je suis maudit, te dis-je!!!
Ah! fuis-moi!....

AMÉLIE.

Si le ciel dans sa puissance exige
Que tu souffres l'horreur de ses punitions,
Je saurai partager ses malédictions.
J'allégerai tes maux en souffrant pour toi-même.
S'il te voit criminel, je le suis, moi, je t'aime!!!
Tes torts seront par moi partagés dès ce jour.
Tes maux seront calmés par mon brûlant amour!

ALPHONSE.

Être céleste! arrête..... O Dieu! quelle victime
J'offrirais à tes coups!... Dans cet étrange abîme
Où de prêtres cruels m'a plongé la rigueur,
Je ne frémis encor que sur mon seul malheur;
Mais trembler sur ton sort, mais pleurer sur tes larmes,
Joindrait à mes douleurs de nouvelles alarmes!
Amélie, il le faut, tel est l'arrêt du ciel,
Arrache de ton cœur un objet criminel.
A l'enfer avec lui tu serais asservie!....
Il n'offre que la mort!

AMÉLIE.

C'est en lui qu'est la vie!

Que ferais-je sans lui de l'immortalité?
Sans lui, du paradis où serait la beauté?
De ces jours éternels, ah! je fuirais la gloire
S'il fallait l'effacer pour eux de ma mémoire!
Oui, si du ciel un jour je le voyais chassé,
Par moi ce ciel serait à jamais repoussé!
Dieu n'est pas si cruel.... Mais s'il l'était, Alphonse,
S'il disait de te fuir, connais mieux ma réponse.
A mon Dien je dirais : Ordonnez de mon sort,
Vous pouvez dispenser et la vie et la mort;
Mais, en ce monde, en l'autre, exiger que mon âme
Repousse le pouvoir d'une magique flamme,
Et trouve le bonheur au séjour des élus
Sans lui, sans son amour.... Vous ne le pouvez plus!

ALPHONSE.

Jouissance divine! ô volupté profonde!
Le *Damné* t'a connue.... Il peut quitter ce monde,
Il peut, heureux par toi, braver l'horrible enfer!
Mille ans respecteront un souvenir si cher!!!
Prêtre, à l'éternité, viens livrer le coupable;
Apporte à ses chagrins un front inexorable;

Montre à son dernier jour l'avenir menaçant....
Tu ne peux lui ravir cet angélique accent
Qui viendra consoler sa souffrance dernière....
Ah ! si des bienheureux la touchante prière
A cet attrait puissant et ce charme si doux,
Elle doit triompher du céleste courroux !

AMÉLIE, avec joie.

Alphonse, tu le vois, je te rends le courage !

ALPHONSE.

Il est vrai.... Je le sens.... Ta bonté me soulage....
Mais dis-moi, quel destin, envers toi rigoureux,
A su te faire aimer un être malheureux ?
Avec une émotion croissante.
D'un ravissant éclat brille ta chevelure....
Et dans tes yeux si beaux règne une flamme pure....
D'une rose au printemps ta bouche a la fraîcheur....
De ton teint délicat j'admire la blancheur....
La grâce est répandue en toute ta personne....
O ! belle comme un ange ! et comme un ange bonne !
Parfaite créature, à mes regards surpris
Tu parais sans défauts.... Mais de ce cœur épris

Plains l'inquiet transport; oh! dis-moi si je veille,
Dis-moi comment du ciel m'apparaît la merveille;
Dis comment les mortels, ravis de tes beautés,
Ont laissé ton amour à mes sens enchantés!!!
L'univers à genoux en ce jour te réclame!...

AMÉLIE.

Les droits de ton malheur sont plus forts sur mon âme.
Écoute, dans le monde, à mes pieds enchaîné,
J'ai vu plus d'un mortel tendrement prosterné.
La beauté, les talens, la grandeur, les richesses,
Ont brigué mes faveurs.... De ces folles tendresses
Le prix fut un sourire, et plus d'un jeune amant
Reçut ce faible prix avec ravissement!.,.
Ami, je repoussai la conquête brillante
Et reçus froidement la prière tremblante
D'un heureux de la terre! A ses voeux séducteurs
Mon âme resta sourde.... Elle attendait tes pleurs!
J'ai trouvé le chagrin sur ton pâle visage,
Dans tes traits, des douleurs j'ai suivi le ravage,
La source de tes maux que j'ai voulu tarir
A flétri ta jeunesse.... et m'a fait te chérir!

J'abandonnai pour toi tous les biens de la terre,
Je hais tous ces plaisirs, et j'aime ta misère !
Tes soins et ton amour ne m'en font pas la loi,

Avec abandon.

Mais.... je vois ta souffrance, et.... je me donne à toi !

ALPHONSE.

O prestige divin d'une âme noble et pure !
Adorable candeur, trésor de la nature !...
De la tendre pitié je revois le regard.
Prêtre, sur le *Damné*, porte ton œil hagar,
Que la foudre à ta voix ébranle ces murailles !
Si d'un père pour moi tu n'as pas les entrailles,
Livre mon crime à Dieu ! j'ai retrouvé l'espoir !!!
Cet ange a sur ton Dieu plus que toi de pouvoir !

AMÉLIE, avec douceur.

Alphonse, notre Dieu n'est pas un Dieu barbare.

ALPHONSE.

L'église ainsi le fait.

AMÉLIE.

D'elle qui te sépare ?

Quel est ton crime, ami ; tu le sais, dans mon sein
Un pardon est pour toi ; mais quel est-il enfin ?

ALPHONSE.

Oui, tel est mon devoir ; oui, je veux t'en instruire ;
Connais pourquoi l'église a voulu me maudire.
Je voyageai long-temps, et des religions
Je vis en tous pays les superstitions.
J'appris à réfléchir et démêlai sans peine
La sainte vérité d'une coutume vaine,
D'un hommage glacé, d'un usage banal
Qui n'offre à l'Éternel qu'un culte machinal.
Je vouai mon horreur à l'ardent fanatisme
Qui vient dénaturer le doux christianisme,
Rompt ce lien d'amour si consolant, si beau,
Et fait d'un Dieu de paix et d'un père un bourreau !
Au sombre ambitieux, à l'adroit hypocrite,
J'opposai de *Jésus* le sublime mérite !
Au nom de ce grand cœur, brûlant de charité,
Je réclamai pour tous *justice* et *liberté !!!*
Mais un prêtre irrité connaît-il la justice ?
Au cri de *liberté* sa voix répond : *supplice !*

L'homme divin n'est plus, il repose au saint lieu;
Le prêtre hait sa loi, mais il le nomme *Dieu!!!*
Au pontife idolâtre empruntant son langage,
Avec des mots pompeux il déguise l'outrage,
Et bravant de *Jésus* le paternel dessein,
Sur l'autel de *Jésus* verse le sang humain!!!
De ministre chrétien pourtant il prend le titre!
Des vertus du chrétien il s'est nommé l'arbitre!
Avec ses passions il prétend le juger!
Mais c'est un droit qu'en vain il voudrait s'arroger.
Non, il n'est pas chrétien celui qui, vers l'église,
Porte d'un cœur touché l'apparence soumise,
Et de crimes sans nombre attend l'impunité,
Avec un masque adroit de sainte humilité;
Au confessional offre ses mains sanglantes,
Vient *acheter* du ciel les grâces indulgentes,
Et croit avec de l'or qu'il prodigue à propos,
Obtenir l'heureux droit de pécher en repos!
Non, il n'est pas chrétien celui dont l'avarice,
De ses discours dévots employant l'artifice
Dans les climats lointains qu'il prétend convertir,
Apprend à ceux qu'il vole à saintement mourir!

Non, il n'est pas chrétien celui dont la prière
Dans un livre *prescrit* cherche une foi sincère,
Et dans son propre cœur, simple et reconnaissant,
Ne trouve pas l'ardeur d'un amour éloquent !
De *Jésus*, le chrétien comprend mieux la parole :
Il pardonne, il instruit, et surtout il console ;
Il plaint celui qui pleure, et ne fait pas pleurer ;
C'est en imitant Dieu qu'il le fait adorer.
Il aime ! et dans l'amour puise une foi sublime,
La charité le suit, l'espérance l'anime !
Tels sont mes sentimens. Tel est mon crime aussi.
L'église à de tels voeux n'accorde pas *merci !*

AMÉLIE.

Ciel ! à tant de vertu répondre par l'outrage !...
A ta doctrine, ami, Dieu même rend hommage,
C'est celle de Jésus ! un arrêt infamant
Suspendit de Jésus le prophétique accent.....
Comme lui tu mourras !... Que le bûcher s'élève,
L'autre monde est la vie !... Ici, ce n'est qu'un rêve....
Avec toi, je le sens, il est beau de mourir....
Meurs !... de la vérité c'est être le martyr !

Deuxième Scène.

—

LE PROSCRIT.

ARTHUR. Il est couvert d'un manteau, assis près d'une table sur laquelle il a déposé son chapeau ; ses cheveux sont en désordre, il paraît fatigué. Il dit à part.

M'a-t-elle reconnu ?... non ! non ! de sa mémoire
Mon souvenir a fui.... Comment l'osai-je croire
Qu'errant, persécuté, proscrit, de mon malheur
Je trouverais l'oubli dans ses bras, sur son cœur ?
Rêve trop dangereux !... illusion charmante !
Toi seule à ma douleur promis donc mon amante ?

Ah! s'il me faut te voir ici t'évanouir,
Sans ton appui trompeur j'eusse aimé mieux mourir!
Quatre ans, ce faible espoir charmait ma peine amère,
Et, bercé par l'amour, je bravais ma misère!....

A Marie qui lui apporte un verre et lui présente à boire.

D'une voix altérée.

De vos soins généreux j'admire la bonté.

MARIE, *lui versant du vin.*

Je remplis le devoir de l'hospitalité;
Ce que je fais ici, monsieur, je le dois faire,
Un voyageur souffrant est toujours notre frère.

ARTHUR.

Qui s'approche de vous dès-lors est votre ami.

MARIE *regarde l'étranger, puis après s'être éloignée un peu, elle dit à part.*

A cet accent si doux tout mon cœur a frémi!!!

ARTHUR, *à part.*

Quatre ans d'un triste exil m'ont bien changé peut-être;
Sans oublier Arthur on peut le méconnaître.

MARIE, l'examinant de loin, et rêvant.

Le regardant à la dérobée.

C'était la voix d'Arthur..... et voilà bien ses yeux....
Pourtant je cherche en vain son regard radieux;
La fraîcheur de son teint, l'éclat de son visage....
Que dis-je? le chagrin peut causer ce ravage,
La douleur sur nos traits agit plus que le temps,
Et de son souffle impur flétrit nos jeunes ans!....
Ah! qu'il me parle encore.... approchons-nous....

Elle avance timidement.

ARTHUR, avec une vive émotion.

Marie!

MARIE.

A mon cœur éperdu quand cette voix chérie
Fait entendre mon nom.... je me sens tressaillir!....

ARTHUR.

Marie!....

MARIE.

Encor sa voix!... à Arthur un bien cher souvenir
A votre aspect s'éveille, et mon âme ébranlée
Se sent auprès de vous de plus en plus troublée;

De son erreur enfin mon cœur veut être sûr.....

ARTHUR, vivement et avec joie.

Ecoute-le ce cœur s'il reconnaît Arthur !

MARIE.

Arthur ! il est donc vrai !...

ARTHUR, se jetant à ses genoux.

Près de toi de ma vie
J'oublirai les tourmens !... Quand tu me fus ravie
Je crus que le bonheur m'avait fui pour jamais,
Marie fait ici un geste de frayeur.
Et je maudis mon Dieu !... Calme-toi ; ses bienfaits
Parlent en ce beau jour fortement à mon âme !
Mais que faisait à Dieu mon sacrilége blâme ?
Trop au-dessus de moi pour craindre mes fureurs,
Il méprisa mes torts et vint sécher mes pleurs !
De mes sombres transports il plaignit le délire,
Vers la raison en père il voulut me conduire,
Et m'offrant du travail le bienfaisant pouvoir
Me montra l'avenir, par lui, brillant d'espoir.
Je triomphai bientôt d'une lâche faiblesse ;
A mes travaux constans a souri la richesse,

A mon courage enfin je pus donner l'essor !
Sur ma vive blessure ont coulé des flots d'or ;
Cet or était pour moi beau comme l'espérance :
Il annonçait la fin de mes jours de souffrance,
Lui seul à mon amour pouvait te réunir,
Cet or était pour toi !.... je devais le chérir !

MARIE.

Je te revois heureux ! après un instant, je te revois plus sage !
D'un touchant repentir ton retour est le gage !

ARTHUR.

Je t'ai donné mon âme, à toi sont mes destins;
Mais j'ai voué ma haine au reste des humains !
Je ne puis abjurer une trop juste haine,
Elle a brûlé ce cœur, mais son pouvoir l'entraîne.....
D'un ennemi cruel je reviens me venger.

MARIE.

En chrétien, laisse à Dieu le soin de le juger ;
Jésus nous enseigna le pardon de l'injure.

ARTHUR.

Effort digne d'un Dieu plus grand que la nature :

Du pardon émané de ses célestes lois,
Il donna le précepte et l'exemple à la fois,
Et ses derniers accens défiant la souffrance
Furent une leçon d'amour et de clémence;
Ah ! l'effort plus qu'humain de ce sublime adieu,
Suffisait aux mortels pour le proclamer *Dieu !*
Mais moi, faible, chétif, moi qui ne suis qu'un homme
Si loin de ces vertus qu'à bon droit l'on renomme,
J'aime ce cœur divin plein d'un divin amour,
Sans pouvoir jusqu'à lui m'égaler à mon tour !
J'ai trop souffert ! ! ! pourtant de mon sort tu disposes,
A mes desseins vengeurs, je le vois, tu t'opposes,
Je veux vivre pour toi, parle, me suivras-tu ?
Ton amour dans mon cœur peut fixer la vertu;
Le bonheur aux humains rend la bonté facile !
Mais dis-moi, du proscrit acceptes-tu l'asile ?

MARIE, avec anxiété.

N'es-tu pas libre, Arthur?

ARTHUR, amèrement.

Oui, libre au fond des bois,
Ou bien en des climats où règnent d'autres lois ;

Je puis sous d'autres cieux jouir de mes richesses,
Jouir auprès de toi de tes douces caresses,
Là nous attend la paix et la félicité,
Et non dans ce pays où meurt la liberté.

MARIE.

La patrie en pleurant punit un fils rebelle....
A son culte, à ses lois, te revoyant fidèle,
J'ai cru qu'en ta faveur annulant son arrêt
Elle avait pardonné....

ARTHUR.

Si ma voix l'implorait
Elle condamnerait ma prière indiscrète....
Mais je suis innocent.... ma voix sera muette.
Persécuté, chassé comme un vil criminel,
Je suis toujours proscrit.... mais l'azur d'un beau ciel
Ailleurs luira pour moi.... Qu'est-ce que la patrie?
L'ingrate! où sont ses droits sur mon âme flétrie?
Elle les perdit tous quand loin de protéger
Son enfant malheureux qu'elle vit outrager,
Elle livra son sort à l'orgueilleux caprice
De l'infâme assassin qui paya sa justice!

Aux pleurs de mes parens refusant son secours,
Seule, elle me força de porter mon recours
Vers la rebellion.... Oui je suis un rebelle!
On me nomme un brigand.... Cette mère cruelle
Protège des brigands plus dignes de mépris...,
Sur son sein maternel ces brigands sont nourris!
La patrie est aux lieux où l'amour nous attire,
Où ce qui nous est cher tout près de nous respire,
Où l'on voit ses parens en paix vivre et mourir,
Où le présent heureux garantit l'avenir,
Où les droits, les devoirs d'un citoyen utile
Ne sont jamais troublés dans leur course tranquille.
Où de tendres enfans grandissent pleins d'ardeur,
Sans craindre des puissans l'orgueil ni la faveur.
La patrie est aux lieux où l'on sèche des larmes,
Où de la bienfaisance on goûte tous les charmes,
Où contre l'injustice on défend l'opprimé,
Où l'on sent pleinement le bonheur d'être aimé.
Partout où l'existence est utile, chérie,
Où l'on fait des heureux... c'est là qu'est la patrie!

MARIE.

Arthur ! ah ! je frémis sur tes affreux dangers !

ARTHUR.

Viens avec moi, l'amour va les rendre légers !

MARIE.

Avec toi sans regret je fuirais cette terre,
Mais pour te suivre, Arthur, dois-je quitter mon père ?

ARTHUR.

Ton père à mes malheurs, hélas ! je m'en souviens,
Se montra toujours froid.... Tout occupé des biens
Qu'il reçut en un jour d'un soudain héritage
De mes pauvres parens il dédaigna l'hommage,
Il vit mon désespoir après leur prompt trépas,
Et de moi-même enfin il ne me sauva pas.
Il devint riche, et moi je devins misérable.....
Devait-il pour cela me traiter en coupable ?
Devait-il oublier notre ancienne amitié ?
Devait-il au malheur refuser sa pitié ?
Être faible, opprimé, pauvre, est-ce donc un crime ?
Je comptais en ce jour sur ton cœur magnanime,

Le présent, l'avenir, j'avais tout mis en toi,
Mais tu crains mon amour, tu repousses ma foi,
A ton père avant tout je te vois asservie !
Pour toi qu'a-t-il donc fait ? il te donna la vie ! ! !

MARIE.

J'ai porté sur la vie un timide regard ;
Aussi bien qu'à son père on la doit au hasard ;
Nos parens enchaînés par une loi suprême
Nous transmettent des jours que nous compta Dieu même,
Je le sais ; l'existence est un faible présent.
Les soins captivent seuls un cœur reconnaissant.
Si, me sacrifiant aux préjugés vulgaires,
A l'orgueil, aux honneurs, à des biens éphémères,
De ses droits prétendus mon père armant sa main,
N'avait été pour moi qu'un tuteur inhumain,
Loin de mon ciel natal je me serais bannie ;
Sans honte, sans remords on fuit la tyrannie !
Que me seraient des jours abreuvés de froideur ?
On doit à ses enfans compte de leur bonheur.
On doit à ses enfans ses fatigues, ses veilles,
On doit à leurs chagrins ses yeux et ses oreilles,

On leur doit le concours de ses constans efforts,
La tendresse à leurs maux, l'indulgence à leurs torts,
Des larmes à leurs pleurs, des secours à leurs peines!
De l'amour paternel j'eus ces marques certaines :
Ce tendre protecteur n'aima point à demi;
Le ciel le fit mon père, il s'est fait mon ami.

ARTHUR.

Il te fit oublier ton compagnon d'enfance!

MARIE.

Rien n'a pu me ravir la douce souvenance
De ce temps de bonheur et d'innocent plaisir....
Que ne peut-il hélas! à ma voix revenir!

ARTHUR.

Chaque temps porte en soi sa somme d'allégresse
De même que pour nous il pèse la tristesse.
Ne désirons jamais retourner au passé!
Le bien qu'on a goûté, par le mal effacé,
Mêlé d'un fiel amer rarement nous enivre....
Quel être courageux, recommençant à vivre,

Pour retrouver deux fois quelques divins momens,
Reprendrait du passé les longs déchiremens ! ! !
Pour moi je n'aurais point un semblable courage
Dussé-je retrouver tes baisers du jeune âge !

MARIE.

Mais que deviendras-tu?

ARTHUR.

Décide de mon sort !

MARIE.

A mon père ma main ne peut donner la mort !

ARTHUR.

A l'époux de son choix et qu'il veut qu'on écoute
Son ordre te dira de te donner sans doute ;
Bientôt, je le saurai, cet odieux lien
Au monde que je hais livrera mon seul bien,
Le chimérique espoir qui fit vivre mon âme.
Dans ton cœur va brûler une nouvelle flamme !

MARIE.

Je t'ai pleuré quatre ans et je n'ai rien promis ;
Mais ce cœur attristé s'était enfin soumis.

Mon père tendrement avait prié sa fille....
Un homme vertueux, honneur de sa famille,
Avec empressement réclamait son appui,
Implorait la faveur de s'unir avec lui.
Long-temps il attendit sans plainte, sans murmure....
Je cédai sans amour..... est-ce te faire injure ?

ARTHUR.

Sans amour.... est-il vrai ?.... de mes transports jaloux
Prends pitié.... Cet objet de haine et de courroux,
Qui bientôt dans ses bras pressera mon amante,
Dis, tu ne l'aimes pas ?....

MARIE.

Je l'estime ; et, tremblante,
Sans espoir de bonheur, je ferais un heureux.

ARTHUR, à lui-même.

O prestige puissant ! ô charme douloureux !
Une fièvre inconnue en ce jour me dévore....
J'ai besoin du malheur de celle que j'adore....
J'ai besoin de ses pleurs.... je veux la voir frémir....
Voilà donc un bonheur qu'on ne peut me ravir ! ! !

Elle, heureuse sans moi ! quelle horrible pensée !

A Marie,

Plutôt cent fois sa mort !... De mon âme oppressée,
Plains les tourmens affreux.... répète que l'amour
Sans Arthur, loin de toi, va s'enfuir sans retour !

MARIE.

Eh ! faut-il donc ici le redire sans cesse !
Eh ! qui pourrais-je aimer ? à qui de ma tendresse
Porter le doux tribut ? Comment n'es-tu pas sûr
Qu'on ne peut rien aimer comme j'aimais Arthur ! ! !
Ah ! crois-en la douleur qui déjà me déchire,
Ah ! crois-en les transports qui disent ton empire,
Tout mon corps qui palpite et mes membres tremblans...
Le frisson qui me tue et mes soupirs brûlans !...

ARTHUR.

Arrête !... assez.... assez.... âme angélique et pure !....
L'homme est donc un bourreau !... j'ai pu de sa blessure
M'enivrer comme un tigre.... affreuse volupté !
Pardonne-moi, Marie..... à ta félicité
Je dois donner mes vœux pour expier mon crime.....
Et non vouloir tes maux, ô trop chère victime !....

Pardonne à mes fureurs, vois, je vais m'en punir....
Pour toujours te quitter.... demain, mon souvenir
Tout seul te parlera de celui qui s'exile....
Le devoir a marqué ta place en cet asile;
La paix et la vertu vont y remplir ton cœur....
J'emporte cet espoir, Marie....

MARIE, se cachant la figure.

Et mon bonheur !!!

Troisième Scène.

L'AMANT ROI.

ELISCA.

Plus brillante que l'or, ta blonde chevelure
Pare ton noble front... La prodigue nature
Sur ta bouche a placé ce sourire enchanteur,
Dans tes yeux ce regard, qui t'ont donné mon cœur ..
Elle a formé pour toi la rare transparence,
De ce teint délicat, dont la pure nuance,
Comme un reflet touchant de douce volupté,
Semble un charme vainqueur à l'Amour emprunté.

Que j'aime, dans tes bras, à me sentir pressée!
D'un excès de bonheur je me sens oppressée!
Tu m'aimes!... Je te dois ce céleste plaisir
Qui brûle, qui fait vivre... et peut faire mourir!...
Aime-moi bien!... Pour moi la mort sera cruelle...
Mais dans tes bras, Alfred, je me crois immortelle!

ALFRED.

Chimère des grandeurs tes orgueilleux attraits,
Source des vains désirs, des impuissans regrets
Des hommes insensés, touchent bien peu mon âme
Auprès de ces transports d'une naïve flamme,
De ces accens divins dont je veux m'enivrer,
De ces trésors d'amour que je veux adorer!
Oh! viens, viens embellir mes hautes destinées,
Mes utiles travaux, mes fécondes journées!
De la vie, Élisca, je te devrai les fleurs;
J'oublirai, près de toi, la cour et ses flatteurs;
J'oublirai de mon rang les soucis et les peines,
Et d'un roi secouant alors les lourdes chaînes,
Des bienfaits, par mes mains, versés de toutes parts,
Je trouverai le prix dans un de tes regards!

ÉLISCA.

Qu'entends-je? Que dis-tu? N'est-ce pas un délire!
De quel pays, ô ciel, as-tu rêvé l'empire?...
Ce rêve ambitieux qui te trouble en ce jour
Peut-il valoir, ami, nos doux rêves d'amour?
Es-tu bien éveillé?.... D'une triste merveille,
Cher Alfred, pourquoi donc blesses-tu mon oreille?

ALFRED.

J'ai dit vrai, cependant. Un peuple malheureux
Subissait des tyrans le despotisme affreux.
Il a brisé ses fers! La liberté chérie
Règnera désormais seule sur la patrie.
Mais si de ses remparts il a chassé les rois,
Ce peuple veut un chef pour maintenir ses lois.
Élevé par ses mains, un trône populaire
Recevra son élu, qui deviendra son père;
Qui, porté par le peuple à cet auguste rang,
Pour les droits que ce peuple acheta de son sang,
Sera prêt en tout temps à prodiguer sa vie.
Au choix d'un peuple entier, ma fortune asservie

Peut-elle repousser cet éclatant honneur ?
Qui pourrait refuser d'être son défenseur ?
Qu'avec émotion j'ai reçu ton hommage,
Peuple, dont j'admirai l'héroïque courage !
Citoyens généreux, vous, que je révérai,
Qu'avec un saint amour je vous protégerai !
Élisca, je naquis sur cette belle rive,
Si fière en ce moment de n'être plus captive.
Un tyran m'en bannit au sortir du berceau.
Mais quand sur mon pays se lève un jour nouveau,
Quand le peuple m'appelle, et de son choix m'honore,
Quand du titre de roi c'est lui qui me décore,
Je hais encor des cours l'ambitieux lien,
Mais je suis glorieux d'être *roi-citoyen !*

ÉLISCA.

Sire, à ce noble choix j'applaudis la première ;
De vos brillans destins moi-même je suis fière :
Ah ! n'en doutez jamais ! *à part.* Combien je vais souffrir !

ALFRED.

Élisca, je te vois et trembler et pâlir ;
Ce changement de ton me prouve ta souffrance...

ÉLISCA.

Mon amour a senti la royale influence
De vos titres nouveaux... il les respectera...

ALFRED.

Ainsi donc, d'être roi ton cœur me punira!
Et ce brûlant amour, que tu viens de décrire,
Un jour de royauté suffit pour le détruire!

ÉLISCA.

Sire, j'aimais en vous mon ami, mon égal;
A l'amour un haut rang peut devenir fatal.

ALFRED.

Ah! je le vois!... pourtant en mon cœur rien ne change;
Des mêmes sentimens, vois, je t'offre l'échange;
A tes pieds, comme avant, tu me verras soumis...
Un semblable bonheur ne m'est-il plus permis?
Et, pour faire régner *la loi* que je protège,
D'être seul malheureux ai-je le privilége?

ÉLISCA.

D'un pays libre, ami, le moins libre sujet,
Sans doute c'est le roi.

ALFRED.

Je le sais, en effet,
Le trône à mes désirs mettra plus d'une entrave;
Mais dans un pays libre, on ne peut être esclave;
Chassant ces préjugés, des hommes juste effroi,
Tous deviendront heureux, oui tous, même le roi.

ÉLISCA.

Il est des préjugés dont l'empire durable
Sera, long-temps du moins, solide, inattaquable.
Alfred, quand un seul jour grandit votre horizon,
Il a le droit aussi de mûrir ma raison.
De titres orgueilleux je ne suis point jalouse,
Votre Élisca jamais ne sera votre épouse.
Mais je puis sans ce nom suivre partout vos pas...
On peut aimer celui que l'on n'épouse pas!
Je le sens. C'est ainsi qu'à l'objet qu'on adore
On donne son amour, puis son orgueil encore.
Pour celui dont le cœur est fortement épris
On peut braver la mort.... on brave le mépris!
Mais les vœux de l'état dédaignant notre flamme,
Sur le trône, en vos bras mettront une autre femme;

Ce malheur-là d'avance il faut l'envisager.
Alfred, votre devoir sera de protéger
Cette royale épouse; et votre âme asservie
A d'autres nœuds, de pleurs pourrait charger sa vie.
Criminel envers elle, et parjure envers moi,
A l'amour, à l'hymen, vous manqueriez de foi;
Et votre épouse enfin, par sa longue souffrance,
De pénibles remords chargeant ma conscience,
Me ferait vous maudire et détester vos feux....
Aujourd'hui sans remords je puis briser nos nœuds,
Mes pleurs même aujourd'hui pourront avoir des charmes
Je n'aurai pas du moins fait couler d'autres larmes;
Aux yeux du monde, Alfred, on peut avoir des torts;
On brave son mépris, mais non pas les remords!

ALFRED.

Ainsi me voilà seul!... oui, tout seul sur la terre!
Qui viendra consoler ma royale misère,
Quand après mes travaux redoutant les flatteurs,
Je craindrai d'un baiser les perfides douceurs!!!
Que ce cruel destin, cette aride existence,
Soient donnés au tyran dont l'injuste puissance

Est celle d'un despote insolent, odieux,
Qui ne veut être roi qu'afin d'opprimer mieux;
Je le comprends!!! Mais moi, mon pays me réclame!
Quand à ses droits sacrés, tous empreints dans mon âme,
Je vais sacrifier mes goûts, ma liberté,
D'être mon maître enfin l'aimable volupté,
Mes plaisirs les plus doux, mes chères habitudes,
Mes fortunés loisirs, mes paisibles études,
Mon être entier.... Pour moi cet imposant pouvoir,
Est, non pas un bonheur, mais le plus saint devoir!
J'y suis bien résolu, ma noble république
Recevra de mes jours le don patriotique;
Je consacre ma vie à défendre sa loi....
Va, quand il *se fait homme*, on peut aimer un roi!

POÉSIES DIVERSES.

LA FOI.

La foudre éclate en cet asile
Et ne peut agiter mes sens.
Quand tout frémit je suis tranquille!...
Vers le ciel montent mes accens!
En toi, grand Dieu, je trouve ma puissance,
Et mon cœur a banni l'effroi.
Dans les dangers sans crainte je m'élance....
Sur les dangers plane ma foi!

La présence de l'hypocrite
A mon esprit se fait sentir.

Si le même toit nous abrite,
Mieux que lui je pourrai dormir.
Pour le méchant mon œil est sans colère,
Amour, pardon, voilà ma loi :
Du crime heureux la gloire est éphémère....
Il pâlira devant ma foi !

LISE.

Par de profonds chagrins ton âme est déchirée,
Lise! Pourtant d'amour elle fut enivrée;
Et ces yeux qu'aujourd'hui vient fermer la douleur,
Je les ai vu briller d'un céleste bonheur!!!
— Qu'est-ce que ce bonheur, ce trop rapide songe?
Pour le cœur désolé c'est un cruel mensonge!
S'il sut me prodiguer son dangereux transport,
S'il me promit la vie, il me donna la mort!
— Il est vrai; cependant cette douce chimère,
Cette fille du ciel, cet ange tutélaire

Que l'on nomme Espérance, aux pleurs des malheureux
Ne refusa jamais son appui généreux;
Elle viendra pour toi. — Pour moi! je la rejette!
Que peut-elle annoncer à mon âme inquiète?
D'amis souvent ingrats le fragile secours,
Et de plaisirs glacés l'insipide concours!
L'orgueilleuse pitié de cent voix caressantes
Qui chargeront d'ennuis mes oreilles souffrantes,
Et croiront, en vantant mon esprit, ma beauté,
Qu'on peut guérir le cœur avec la vanité!
Et que m'importe à moi qu'une bouche nouvelle
Redise à mes genoux : Lise, vous êtes belle.
Jusqu'au fond de mon âme il savait retentir
Cet accent de l'amour..... Ravissant souvenir!
Rien ne peut l'imiter.... O naïve tendresse,
Rien ne remplacera ta grâce enchanteresse!
Sur l'autel des beaux arts, de même un froid encens
Des enfans d'Apollon n'abuse pas les sens;
Et celui qu'embrâsa le souffle du génie,
Que ravit un seul jour sa divine harmonie,
Sait qu'un faux dieu par fois est du monde adoré,
Mais que tout feu pâlit devant le feu sacré!

UNE PLAINTE.

Viens ! écoute mes vers ; viens ! écoute ma lyre :
Un sentiment divin me pénètre et m'inspire ;
Vois, c'est le feu sacré !... Que dis-je ? A mes accords
Ton cœur est resté froid ?... De tes soudains transports
Le prestige enchanteur ne frappe plus mon âme !...
En moi s'éteindrait donc cette sublime flamme,
Qui ravissait tes sens émus de toutes parts,
Faisait trembler ta bouche et brûler tes regards !
Écoute encor... Mais, non ; semblable à ma pensée,
Dans mes bras languissans, ma lyre s'est glacée ;

En moi ne règne plus la magique chaleur,
Qui versait sur mes chants son charme séducteur...
En moi plus de talent... plus de douce puissance...
A cet accent du cœur vaincu par la souffrance,
Ou plutôt à ce rêve, à ce délire heureux
Qui berçait mes esprits d'un renom glorieux,
Donnerai-je des pleurs?... En proie à tant d'alarmes,
Mes yeux ont trop pleuré...mes yeux n'ont plus de larmes.
Qu'est maintenant pour moi la gloire et son encens!
Un souffle, une vapeur qui vient troubler les sens,
Un besoin de l'orgueil, une vaine chimère,
Une fièvre insensée, un bien imaginaire...
Contre un malheur réel la gloire est sans pouvoir:
Que pourraient vingt lauriers sur l'âme sans espoir?
Sur l'âme, aux souvenirs, aux chagrins asservie?
D'un être trop chéri me rendraient-ils la vie?
Pourraient-ils triompher de ce cri de douleur,
De cet accent de mort qui vibre dans mon cœur?

LE PUNCH.

STANCES.

I.

Quelle est cette liqueur brûlante
Dont l'éclat réjouit mes yeux,
Et dont le doux parfum m'enchante?
C'est le nectar offert aux dieux!
Fuyez, chagrins, fuyez, sombre tristesse...
Dans mes veines coule à longs traits
Ce feu qui donne l'allégresse!...
En légère vapeur s'échappent les regrets!

II.

L'astre qui répand la lumière,
Ici fit tomber un rayon.
D'une bienfaisante sorcière,
Mes amis, ce philtre est un don;
Il va chasser bien loin la maladie,
Bannir les humaines douleurs...
A tous les maux il remédie,
Eveille l'espérance et fait dormir les pleurs.

III.

Noble illusion de la gloire,
Ravissante tu m'apparais!
Tes promesses, que je veux croire,
Ont de nouveau troublé ma paix...
Mais, à travers cette liqueur vermeille,
Tu séduis mon œil enchanté,
Et ma lyre, qui se réveille,
A vu dans le nectar son immortalité!

IV.

De toi je rapproche mon verre;
Enivre-moi de tes flots d'or!
Aux vains plaisirs qu'offre la terre,
Avec toi je souris encor.
Aimable ivresse, en ton sein je me plonge,
A toi je veux donner ce jour...
Le bonheur est dans ce doux songe,
Dans ce songe adoré comme un regard d'amour!

V.

A mon cœur impose silence;
Un jour, un poignard le blessa;
Il a saigné... mais l'espérance
Sur ma bouche avec toi passa!
Aussi brûlant que ma vive blessure,
Plus consolant que la pitié,
Baume divin, ta source pure
A le touchant pouvoir de l'ardente amitié!

VI.

Mais de ces lampes suspendues,
Pourquoi vois-je fuir la clarté ?
De vagues lueurs répandues
Me bercent avec volupté...
Viens, ô sommeil ! viens, n'attends pas l'aurore !...
Mais, que dis-je ? rouvrons nos yeux ;
Amis, ne dormons pas encore,
Peut-être autour de nous gémit un malheureux !...

LA PÉCHERESSE.

Mon Dieu, pardonne-moi, mon Dieu, je me déteste !
Crois à mon repentir, ma souffrance l'atteste !
Lis dans mes tristes yeux chargés de pleurs amers,
De quel prix j'ai payé mes plaisirs les plus chers.
Je vois de ta bonté la trace sur ma vie,
De ma reconnaissance elle est toujours suivie,
Tes bienfaits ont partout marqué mes faibles pas,
Sans doute mes vertus ne les méritent pas ;
Mais mon âme, grand Dieu ! mon âme, qui t'adore,
S'accuse et se repent, souffre, et t'offense encore !

Tel est mon sort bizarre.... Une lutte sans fin
S'établit en moi-même.... A cet affreux destin
Je voudrais opposer un courage intrépide,
Mais ce courage est vain, et, de bonheur avide,
Mon cœur ne peut t'offrir que de stériles vœux,
Et de ses longs combats l'hommage douloureux....
Mais est-il vrai, mon Dieu, qu'à cette triste lutte
Je doive ainsi laisser mes plus beaux jours en butte.
Cet objet enchanteur, funeste à mon repos,
C'est toi qui l'as créé.... Peux-tu vouloir mes maux ?
Te croire aussi cruel est sans doute impossible ;
Rends à mes faibles yeux ta volonté visible....
Et si je puis l'aimer sans outrager le ciel,
Jette sur ma faiblesse un regard paternel.
Que ces cruels remords présens de ta colère,
S'éloignent aux rayons d'une vive lumière !
Ou, s'il faut le haïr.... pour moi, grand Dieu, sois fort,
Fait sentir à mon cœur que l'aimer est un tort !
Mais pourquoi de ses feux permis-tu le délire ?
Pourquoi de ma raison lui soumis-tu l'empire ?
Pourquoi fis-tu de moi l'objet de son ardeur ?
Pourquoi dans mon amour plaças-tu son bonheur ?

Pourquoi si près de moi fis-tu couler sa vie?
Pourquoi fis-tu mon âme à son âme asservie?
Et pourquoi permis-tu que l'amour à mes sens
Par lui seul prodiguât ses charmes ravissans?...
Que dis-je? ta sagesse à tout peut me répondre,
Elle peut aisément en tous points me confondre;
Je le crois.... Tout est vain dans mon raisonnement....
Mais tu pardonneras à mon aveuglement....
N'est-il pas un moyen d'expier mon offense?
Le crime contre l'or échange l'indulgence
Que le prêtre romain fait *vendre* à ses enfans....
Ce que ce prêtre veut, toi, tu me le défends.
La vertu seulement peut expier le crime,
Voilà ce que me dit ta grandeur magnanime;
Eh bien! je répandrai des bienfaits chaque jour....
Pour prix de ces bienfaits, laisse-moi son amour!!!
J'irai sous l'humble toit visiter l'indigence,
Je verserai mon or sur sa longue souffrance;
Des riches oubliant les insultans dédains,
Le pauvre pressera mes fraternelles mains;
Mes consolans regards sonderont ses blessures,
Et ma tendre pitié calmera ses murmures;

Par moi le doux espoir brillera dans ses yeux....
Laisse-moi son amour !... je ferai des heureux !

Le crime audacieux est puissant sur la terre,
Le malheur aux humains rend l'existence amère;
Partout sur l'univers se répand la douleur;
Partout je vois le crime : il règne en son horreur.
Nos plaisirs les plus chers sont mêlés de tristesse,
Et les chagrins pour nous succèdent à l'ivresse,
A la joie innocente, à ce bonheur si doux
Dont le charme constant semble peu fait pour nous....
Eh bien ! chez ces mortels abreuvés de misères,
Je porterai mes pas pour les rendre légères;
Ma voix sera puissante à pénétrer leurs cœurs....
Laisse-moi son amour !... j'irai sécher des pleurs !

Les hommes ici bas dans une rage impie,
Se sont faits oppresseurs. Leur raison assoupie,
Laissa grandir pour eux l'esclavage et ses fers,
De larmes et de sang, inonder l'univers;
L'affreuse hypocrisie augmenta ce délire.
Les jours de vérité viennent enfin de luire;

C'est être criminel que de fuir leur clarté !....
Laisse-moi son amour!... j'aime la liberté!

Oui cette liberté fera le tour du monde;
Sur le bien général son empire se fonde,
Sa base est la justice, et tous les préjugés,
D'après les droits communs, seront enfin jugés.
Établir de ces droits la balance équitable
Est un travail immense. Un bien-être durable
En doit être la suite; et le bandeau fatal,
Qui fit mêler souvent et le bien et le mal,
Va tomber désormais devant cette sagesse
Mère de l'indulgence, et qui jamais ne blesse
L'enfant qu'elle punit en le plaignant toujours,
En lui prêtant l'appui d'un consolant secours.
Malheureux prisonniers, saluez tous l'aurore
Du jour qui calmera le mal qui vous dévore,
Où la philantropie, éclairant vos cachots,
Touchera de sa main vos déplorables maux!
Loi de sang! de nos mœurs, des vertus ennemie,
Tu ne sèmeras plus la mort et l'infamie.

Contre les préjugés s'élève un cri vengeur !....
Laisse-moi son amour !... je combattrai l'erreur !

De ces plaisirs divers offerts à mon caprice
Je puis te faire aussi le complet sacrifice.
Sans bijoux, sans parure, à ma simplicité
Je refuserai l'art qui pare la beauté.
Le diamant, dit-on, sied bien à mon visage,
Pour jamais je renonce à ce doux avantage;
Attirer les regards pour moi fut un plaisir,
Mais je repousserai ce dangereux désir.
Ma robe s'il le faut sera faite de bure,
Et, sans orgueil des dons que me fit la nature,
A charmer d'autres yeux, renonçant dès ce jour,
Je ne plairai qu'à lui !... Laisse-moi son amour !

LES SOUVENIRS.

Brillans rêves de gloire,
Doux souvenirs d'amour,
Présens à ma mémoire,
Me charmez tour à tour;
Chacun de vous attire
Et console mon cœur;
D'un innocent délire
Vous m'offrez la douceur.

Beau succès qui m'enivre
Et flatte mon orgueil,
Par toi je croirai vivre
Au-delà du cercueil.

Lauriers de ma jeunesse,
Dans le grand avenir,
Mon âme dans l'ivresse
Vous verra refleurir.

Plus ravissant encore,
Du bien que j'ai goûté
Souvenir que j'adore,
Reflet de volupté!
Ta magie enivrante,
Habile à m'abuser,
A ma bouche brûlante
Fait rêver un baiser.

Mais la raison sévère,
Repoussant mes désirs,

Vient de nommer chimère
La gloire et ses plaisirs !
A d'amères alarmes
L'amour ouvre les cœurs,
Ses baisers pleins de charmes
Se noyent dans les pleurs !...

Naïve jouissance
Que rien n'use jamais,
Aimable souvenance
Des heureux qu'on a faits,
De chagrins non suivie,
Toi, jusqu'au dernier jour,
Seule remplis la vie,
Mieux que gloire et qu'amour !

CHANTS POPULAIRES.

TROIS JOURS.

Air : Nos amours ont duré toute une semaine....

REFRAIN.

Trois grands jours
Ont brillé dans une semaine ;
Les rois dans leurs cours
Ne seront plus sourds.
Paris en trois jours
Brisa notre chaîne ;
Fers honteux et lourds,
Tombez pour toujours.

France, à tes douleurs
Tes enfans répondent;
De tes oppresseurs
Si les foudres grondent
Tes enfans combattent pour toi.
Repoussant un prince sans foi,
Ils viennent mourir pour leur loi.

Trois grands jours, etc.

Tes lauriers sont purs,
Peuple magnanime!
Les âges futurs
Te diront *sublime!*
Je t'ai vu, peuple souverain,
Braver les éclats de l'airain,
Et, vainqueur, demander du pain! *

Trois grands jours, etc.

* Pas un excès n'a été commis! Et pourtant des hommes de l'héroïque population de Paris manquaient de pain, et avaient en main des armes victorieuses.

La réalité
Ressemble aux prestiges :
Pour la liberté
Dieu fait des prodiges !
Le fanatisme est renversé,
Le règne du crime a cessé,
Celui du bien a commencé !

Trois grands jours
Ont brillé dans une semaine ;
Les rois dans leurs cours
Ne seront plus sourds.
Paris en trois jours
Brisa notre chaîne ;
Fers honteux et lourds,
Tombez pour toujours.

N'Y REVENEZ PLUS.

AIR : Entendez-vous l'archet de la folie.

Deux fois chassés et deux fois sans patrie,
Ils gouvernaient, ces princes sans honneur.
Par eux la France aurait été flétrie,
Mais dans Paris s'élève un cri vengeur.
Elle a sonné l'heure de délivrance
Sous nos remparts les rois sont abattus....
La liberté va régner sur la France.
Fuyez tyrans !.... Mais n'y revenez plus ! (*bis.*)

Dans ces grands jours de mémoire immortelle,
Peuple, soldats, savans, enfans des arts,
Tous ont conquis des gloires la plus belle!
De la discorde ont fui les étendards.
Rois, la voilà notre noble jeunesse;
Des jours nouveaux contemplez les élus.
Bien plus que vous ils sont vieux en sagesse!
Fuyez tyrans!.... Mais n'y revenez plus. (*bis.*)

Prince cruel, et prêtres fanatiques,
Vous avez joint le fer à l'encensoir,
Et sur l'esprit de nos fils héroïques
Vous étendiez un sanglant éteignoir.
Partez enfin, et sans que l'on vous plaigne;
Tous nos malheurs, vous les avez voulus:
Le sang du peuple a taché votre règne!
Fuyez tyrans!.... Mais n'y revenez plus. (*bis.*)

DORMEZ,

CHERS ENFANS, MES AMOURS.

Air : Dormez donc, mes chères amours.

Le canon gronde dans les airs,
Des monstres sortis des enfers
Pour la France ont forgé des fers.
Mais de Dieu la sainte colère
Des tyrans purgera la terre !
Sur vous, ô mes chères amours,
La liberté veille toujours !
Dormez, chers enfans, mes amours !
Sur vous, sur vous, la liberté veille toujours !
Sur vous, sur vous, la liberté veille toujours !

Beau ciel, tu protéges nos vœux !
Soleil, ton éclat radieux
Proscrit des maîtres odieux.
Mais tu verses ta clarté pure
Sur les vengeurs de la nature !
Sur vous, ô mes chères amours,
La liberté veille toujours !
Dormez, chers enfans, mes amours !
Sur vous, sur vous, la liberté veille toujours !
Sur vous, sur vous, la liberté veille toujours !

Heureux enfans, sur vos berceaux
Se sont levés des jours nouveaux !
Ces jours luiront sur des tombeaux
Ombragés de palmes civiques,
Riches de cendres héroïques ! ! !
Sur vous, ô mes chères amours,
La liberté veille toujours !
Dormez, chers enfans, mes amours !
Sur vous, sur vous, la liberté veille toujours !
Sur vous, sur vous, la liberté veille toujours !

LA

MEILLEURE RÉPUBLIQUE.

AIR : Reine du monde, ô France, ô ma Patrie.

Des citoyens je vois l'heureuse foule,
Elle s'agite en un commun transport.
Sur les débris d'un trône qui s'écroule
Le vœu du peuple appelle un Roi plus fort. (*bis.*)
Digne soutien de la cause publique,
Pour notre sang il donnerait le sien ;
Disons-le, ce Roi citoyen
Est *la meilleure République !* (*ter.*)

Honneur à vous que ce beau jour rassemble,
Jeunes héros, bon peuple de Paris !
Des droits sacrés vous ont fait vaincre ensemble,
Sur des tyrans vous les avez repris ! (*bis.*)
Un prince, espoir de la France héroïque,
Vient de jurer votre pacte sauveur ;
    Français, des lois le défenseur
    Est *la meilleure République !* (*ter.*)

Ici s'avance une grande famille :
Je vois un père où je craignais un Roi !
De ses vertus en ses yeux l'éclat brille !
Que nos destins soient remis à sa foi. (*bis.*)
Dans son cœur brûle un feu patriotique ;
Aux fils du peuple et sur les mêmes bancs
    Celui qui mêla ses enfans
    Est *la meilleure République !* (*ter.*)

Table.

Vérité, Charité.

www.ingramcontent.com/pod-product-compliance
Ingram Content Group UK Ltd.
Pitfield, Milton Keynes, MK11 3LW, UK
UKHW022124190726
13855UKWH00003B/1023